# NOTRE DAME

# DE LA COMPASSION

OU

## LE 13 JUILLET.

### ODE

*Dédiée au Roi et à la Reine des Français,*

PAR ALEXANDRE D'ARGELN.

—◦❦◦—

**Septembre 1843.**

—◦❦◦—

**Paris,**

CHEZ JACQUES LEDOYEN, LIBRAIRE,

PALAIS-ROYAL, GALERIE D'ORLÉANS, 16,

ET CHEZ LES MARCHANDS DE NOUVEAUTÉS.

—

1843

# NOTRE DAME

## DE LA COMPASSION

OU

## LE 13 JUILLET.

Neuilly, le 7 août 1843.

Monsieur.

Le Roi a reçu les vers que vous lui avez adressés à l'occasion du douloureux anniversaire du 13 juillet. Sa Majesté, touchée de cet hommage rendu à la mémoire de son fils bien aimé, m'a chargé de vous transmettre ses remerciements.

Agréez, Monsieur, l'assurance de ma considération distinguée.

Le secrétaire du cabinet,

Camille FAIN.

Palais-Royal, le 27 juillet 1843.

La Reine a reçu, Monsieur, l'Ode que vous avez composée à l'occasion d'un douloureux anniversaire.

Sa Majesté m'a chargé de vous remercier sincèrement de cette expression de vos sentiments et de vos regrets pour son fils bien aimé, si prématurément ravi à sa tendresse et à l'amour de la France.

Agréez, Monsieur, mes salutations distinguées,

Le secrétaire des commandements de la Reine,

ROREL DE BRETIZEL.

# NOTRE DAME

# DE LA COMPASSION,

OU LE

# 13 JUILLET

Vainqueur, enthousiaste, éclatant de prestiges,
Prodige, il étonna la terre de prodiges.

VICTOR HUGO.

—o⚜o—

# ODE

Dans ce chemin, là–bas! Passants, arrêtez-vous :
Signez vos fronts, pleurez! l'éclat d'une auréole,
Pour la derniere fois, y brilla près de nous,
Là–bas... à la chapelle où l'Esprit-Saint console
Une Reine à genoux.

Sans faste et sans grandeur, sans la pompe du trône,

Là, sa douleur s'exhale au pied d'un humble autel :

Mais un rayon divin que fait luire l'aumône,

Se mêle à sa prière, et lui découvre au ciel

      Sa plus belle couronne.


Passants, arrêtez-vous et poussez un soupir !

En vêtements de deuil, entrez au sanctuaire :

Marie a dans ses bras, Jésus qui doit mourir...

Et la Vierge Marie apprend à chaque mère,

      Hélas ! qu'il faut souffrir.


Plus près... tournez les yeux : voyez le sarcophage,

Abîme dissolvant où vient régner la mort,

Un Ange au-dessus plane et qui, pour héritage,

De la rive s'en fut attendre à l'autre bord,

      *Ferdinand* au passage :

Cet Ange est une sœur, au front doux, gracieux,

Dont le nom fut inscrit sur le livre de vie :

Et son âme fidèle entrevoyant les cieux,

Sur la blanche nuée y disparut ravie...

    Et nous fit ses adieux.


Aux marches de l'autel où brille l'espérance,

Ecoutez une voix qui prie et parle bas,

Une voix que l'écho, traversant le Silence,

Vient rapprocher de nous : – prêtez l'oreille... hélas !

    C'est la Reine de France.


« Ayez pitié de moi... de mon trouble, Seigneur,

» Je suis, par votre amour, mère avant d'être Reine !

» Du coup qui me frappa, je ressens la rigueur,

» Et le poids d'un cercueil n'a pas rompu la chaîne

    » De mon sein... à mon cœur.

» La pauvre mère, oh! oui, sent l'objet qu'elle pleure,

» plus haut que l'horizon, son âme le poursuit!

» Mais quand l'âme retombe en sa triste demeure...

» Le glaive des douleurs sur le temps qui le suit,

    » Alors marque chaque heure ».

 

Une lueur, soudain, de l'autel émanant,

Sur une mer d'azur semble prendre sa route

Et s'élever aux cieux! la Reine s'inclinant,

D'une voix qui s'égare et tremble sous la voûte,

    S'écrie... ô *Ferdinand!*

                11 juillet 1843.

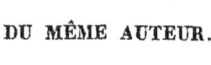

## DU MÊME AUTEUR.

*La Chine et l'île Formose*, étendue, population en recensements des temps les plus reculés et continués jusqu'à nos jours.

*De la force de tous les états d'Europe*, et comparée relativement à la France.

*Histoire philosophique et théologique de l'œuf au temps des payens.*

*Les Vieilles nippes*, ou le souvenir attaché à tout ce qui a appartenu aux grands hommes.

*La Statistique de la justice civile et commerciale en France*, avec tableaux.

*La Statistique de l'instruction en France*, comparée aux diverses époques.

*La Statistique des plantes*, depuis Aristote jusqu'à nos jours, des fleurs, du nombre de leurs couleurs, et dans quel rapport se trouve leur parfum, *Paris*. Hôpitaux ; des eaux concédées par l'administration, du nombre de pouces d'eau nécessaire à la consommation et à la salubrité de la capitale. — Revenu produit par l'eau à Rome, sous Trajan, et de celui que l'eau donne à Paris. — Des accidents arrivés par les voitures. — La Statistique des demoiselles et des veuves à marier.

LA COLLECTION COMPLÈTE : 12 vol. Prix : 96 fr,

*A la direction des publications statistiques.*
Rue Louis-le-Grand, n° 23.

*A paraître incessamment et par souscription :*

*La Rose des Amours et l'Epine à la Fleur*, poésies diverses, un vol. in–8. On souscrit à Paris, chez tous les libraires.
La liste des souscripteurs sera mise à la fin du volume.

PRIX :

Pour les souscripteurs. . . . . . . . . . 6 f. »
Pour les non souscripteurs. . . . . . . . 7 f. 50

*Le Nuage verdit :* ou *la Fin du monde*, 1re livraison : 1 fr. 50

*Nota.* Ces publications seront suivies de la *Maison noire*, ou *Joséphine Darsul* et le *Serpent*, roman de mœurs. 2 vol. in-8

Imprimerie de Lacour et Maistrasse fils, rue St-Hyacinthe-St-Michel 33.

www.ingramcontent.com/pod-product-compliance
Lightning Source LLC
Chambersburg PA
CBHW061432170626
46811CB00005B/2244